因此，在他的思想當中有著非常多
讓人從明天起變得更積極的啟示。

現在就跟著Hello Kitty一起探究他最廣為人知的
一本著作《查拉圖斯特拉如是說》，
進入他的世界裡好好遨遊一番！

讓我們試著擺脫「即使再怎麼努力、
嘗試做任何事也是徒勞無功。」的心態吧！

為了讓自己即使投胎轉世後，
依然會嚮往活出現在的人生，
就讓我們現在好好決定自己的生活態度！

為了讓你成為能夠如此思考的人，
現在就趕緊翻開本書的第一頁吧……。

KEYWORDS

13 人生宛如是一場旅行。
　　這是一場體驗自己的人生、沒有終點的旅行。

14 只要你懇切盼望，
　　你的人生一定可以照著你的想像往前行。

15 如果相信自己「做得到！」你就一定做得到。

16 有時候，身體會比頭腦更聰明。

17 這個世界實在過於廣大，
　　難以用「好」與「壞」這種沒有意義的詞語劃分一切。

18 真誠的心必定能將你的心意傳達出去。
　　並且，隨之改變你的命運。

19 試著愛上現在這個瞬間吧！
　　如果不這麼做的話，豈不是太無聊了嗎？

20 無論是什麼樣的經驗，都將連繫著你的未來。

21 貪心地活著吧！無論是愛情或工作，你所想的所有事情都要如此。

22 面對「愛」如此重要的事物，你是否都任人擺布呢？

23 人似乎會在不知不覺中，被過去的種種所束縛住。

24 明天也許會是比今天更好的一天。
　　所以，請不要扭曲自己的信念。

25 當你不知道如何是好而滯步不前時，
　　就選擇勇敢的那條路吧！

27 如果要樹立敵人，就要找到足以互相切磋琢磨的人。

28 試著愛上人生吧！
這麼一來，人生對你而言才會成為希望。

29 只會遵守規則的人生真的好嗎？

30 若只是為了逃離孤獨，最終還是會繼續孤獨下去。

31 不想工作並不是對於工作厭煩，
而是因為你不了解工作的真諦。

32 你是否擁有「真正的患難之交」呢？

33 友情遠比愛情更加複雜。

34 朋友身上讓人不快之處也是自己讓人厭煩的地方。

35 在朋友面前，保持自己最好的一面吧！

36 常人皆以為自己只能順從命運隨波逐流，
但我們其實擁有更多自由。

38 不要只是蒙混帶過寂寞的情緒。

39 與其為了別人犧牲奉獻，
不如做一個好好愛自己的人。

40 無論是再怎麼細微、難以輕易察覺的事，
改變必定具有其意義。

41 真心就是獲得想要之物的魔杖。

42 何不試著成為出盡鋒頭的人呢？

43 知道誰是你最棘手之敵嗎？那就是你自己。

44 愛並不是只有美好的一面。
   當你察覺到這一點時，就是愛的起點。

45 能夠發光如寶石的人非常了不起。

46 面對喜愛閒言閒語的人，就隨便他說吧！

47 在看不見出口的隧道中，誰能引導你呢？

48 愛情之中參雜著悲傷與痛苦。
   正因為如此，能夠「去愛」的人最堅強。

49 若只會一昧模仿他人，
   永遠都無法找到真正的「自我」。

50 一旦被限制於無聊的事物中，
   本身也會變成一個無聊的人。

51 靠自己掌握人生之舵！

52 「好」與「壞」的價值觀都是由自己決定。

53 想要堅持自己是正確的時候，
   就是不願面對事物本質之時。

54 無論是如何美妙的事物，皆一定會抱有矛盾。

55 痛苦與煩惱將讓你的心更加強壯。

56 沒有人能夠傷害你的心。

57 你所主動嘗試去做的事情上將會被賦予生命。

58 活著就是在生命的每個瞬間，
   認真尋找向前邁進的方法。

60 不要迷失對自己最重要的事物。

61 所謂的美，是在自己感到稍嫌不足時才最恰到好處。

62 雖然無法預見未來，
   但是未來的種子早已在你的心中。

63 與其對於往昔感到懊悔不已，不如從中找到其「意義」。

64 連接每個「點」就能開拓出全新的風景。

65 若是對一切事物皆抱有恐懼，
   就無法察覺眼前的幸福。

66 比起自認完美的人，
   能夠盡心努力的人更讓人欽羨。

67 所謂偶然皆非偶然，而是必然發生。

68 若對自己過於寬容，
   自身的魅力與能力將會失去該有的光輝。

69 為了拓寬自己的眼界，讓我們拋開既有成見吧！

71 感到不安時，先試著拿出一點勇氣吧！

72 若只將目標設定在「一般」的等級，成果就會差於「一般」喔！

73 身心若朝著不同的目標方向，
   無論過了多久，也只會在原地動彈不得。

74 即使無法取悅所有人，那又如何呢？

75 想要對別人和善親切，
   說不定是因為自己懦弱的緣故。

76 為了不被眼前的事物所迷惑，
   就必須在自己心中好好思考消化一番。

77 不要對小事過於苛求。

78 比起任何人、事、物，先好好愛自己。

79 即使遭遇不幸，沒有人能夠傷害你的心。
所以，不要過於恐懼遭遇不幸。

80 世界上沒有完全不感到孤獨的人；
無論是誰都感受著各自的孤獨。

81 對於已經逝去的愛，別再死纏爛打。

82 若能愛著自己，
活著這件事就能變得容易。

83 勉強壓抑自己一點好處也沒有。

85 有時甚至連自己都無法察覺
對自己而言非常重要的事物。

86 不要總是想要獨自孤軍奮戰。

87 一步、一步匍匐前進，即使再怎麼焦慮、感到無趣，
都要好好讚美往前邁進的自己。

88 人生猶如在純白的畫布上
隨心所欲地作畫。

89 如果要談論愛，
比起相愛之情事、不如談論長久持續的愛情。

90 無論是最好與最壞，都不是什麼大不了的事。

91 自以為是，比無知更危險。

92 若只心想著「總有一天……」，
「那一天」永遠也不會到來。

93 讓我們感受小小幸福帶來的喜悅。

94 感到悲傷、悔恨、一切都無可挽回時，
也要為自己感到自豪。

95 雖然找到「該做的事」很好，
但察覺「不該做的事」更重要。

96 有些冒險是因為欠缺知識與經驗才做得到。

97 不要以虛張聲勢來自欺欺人。

98 一言既出，駟馬難追。

99 即使期待奇蹟發生，
也不會有超乎自己能力的事情發生。

100 就算包裝得再怎麼精美，
被蟲蛀蝕的蘋果在本質上並不會改變。

101 不須將大家都認為「理所當然」的事當作是「理所當然」。

102 不說謊並不代表就是誠實。

103 勤勉踏實的努力總有一天會有回報。

104 比起為了別人犧牲奉獻，
還不如去做自己想做的事會更快樂許多。

106 忽略也是一種很重要的能力。

107 還有更多你所該做的事。熱愛工作吧！熱愛自己的生活方式吧！

108 當你想著「會不會有好事發生」時，就不會有好事發生。

人生宛如是一場旅行。

這是一場體驗自己的人生、

沒有終點的旅行。

從今天開始的每一天，你所經歷的事都是漫遊人生大地中的旅行。在這趟旅程中遇見的每一幕風景，都是為了讓自己能更了解自己；每一個經歷都富有深意。

你踏上你的偉大之路，這條路上等待著你的最後危機，也會是你最後的藏身之所！〈第三部　流浪者〉

只要你懇切盼望，

你的人生一定可以

照著你的想像往前行。

盼望幸福，可以讓你的人生變得自由。藉由強烈的懇切
盼望，無論是你自己或是命運都會有所改變。

意志力可以帶來解放、創造自由。〈第二部　在幸福之島〉

如果相信自己
「做得到！」
你就一定做得到。

無論面臨再怎麼艱難的困境，都要相信自己、努力嘗
試。藉由相信，你的心靈會變得比以往更強韌。

是的，兄弟們，為了做創造的遊戲，生命需要神聖的肯定；此刻精
神有了自己的意志，曾失去世界的人又獲得了自己的世界。〈第一
部　三段變化〉

有時候，
身體會比頭腦更聰明。

雖然審慎思考非常重要，不過若是只有思考的話，就算
自己已經迷失也無從察覺。只有實際嘗試過，從中學習
到某些事物，才是真正為了自己著想的作法。

比起你腦海中最高深的智慧，你的身體中還存有更多的理智。〈第
一部　輕視肉體的人〉

這個世界實在過於廣大，
難以用「好」與「壞」這種沒有意義
的詞語劃分一切。

這世界上不是所有的事情都黑白分明，就算有些灰色地
帶也無妨。好好珍惜你心中的灰色地帶吧！

即使讓你的道德平易近人，也要保持高貴。〈第一部 快樂的熱情
與痛苦的熱情〉

真誠的心必定能將你的心意傳達出去。
並且，隨之改變你的命運。

在表達心意時，就算不用華麗的詞藻堆砌也沒關係，一
點也不有趣也無所謂。只要用率直的熱血勇敢前進，對
方一定可以明白你的心意。

用你的血去書寫吧！這麼一來你便能體會到血就如同是精神。〈第
一部　閱讀與寫作〉

試著愛上現在這個瞬間吧！
如果不這麼做的話，
豈不是太無聊了嗎？

人生不是只有放晴的日子，但人之所以生為人並非只為
體驗苦難而誕生，無論人生中的每一天是晴是雨，都試
著去愛吧！

我們熱愛生命並不是因為習慣於生命，而是由於習慣於愛。〈第一
部　閱讀與寫作〉

無論是什麼樣的經驗，
都將連繫著你的未來。

無論是再怎麼無聊的事情，都要嘗試去做做看；即使是
再怎麼困難的事情，也要試著去努力看看。在你每一個
小小努力的累積之下，將「不可能」變成「可能」的日
子也終將到來。

我學會了走，此後我便一個人走。我學會了飛，此後我便為了飛
翔，不願讓旁人推著我。現在我的身體輕盈，現在我可以飛行。現
在我正往下看著我自己。現在有一位神變成我，正要跳舞。〈第一
部　閱讀與寫作〉

貪心地活著吧！
無論是愛情或工作，
你所想的所有事情都要如此。

結婚並不是戀愛的目標；「成功」也絕非是工作的終點。不要放棄明日的夢想，再試著踏出下一步吧！

精神獲得自由的人還是必須持續淨化自己，（中略），他的雙眸也一定會變得更晶瑩純潔。〈第一部 山上的樹〉

面對「愛」如此重要的事物，
你是否都任人擺布呢？

「希望別人愛你」，會這麼思考就代表著你寄託在他人
身上。這樣豈不會覺得有點不安嗎？由自己開始去愛
吧！由自己主宰命運之舵。

千萬不要忽略你的愛與希望！〈第一部　山上的樹〉

人似乎會在不知不覺中，
被過去的種種所束縛住。

隨著時光一點一滴地流逝，有時人類會停止思考、也停止前進。不要一心緬懷那些逝去的日子，由自己開拓新的道路吧！

高貴的人一心尋求新的事物、創造新的道德；而善人則喜愛舊的事物，期盼維護古老的事物。〈第一部　山上的樹〉

明天也許會是
比今天更好的一天。
所以，請不要扭曲自己的信念。

貫徹自己的信念是一件非常艱難的事，只有自己一個人
單打獨鬥。雖然就算拋棄了信念還是可以存活，但為了
活出自己，還是要持續守護你的信念。

千萬不要捨棄你靈魂中的英雄！並且把你最崇高的願望保持在神聖
的地位！〈第一部　山上的樹〉

當你不知道如何是好而滯步不前時，
就選擇勇敢的那條路吧！

現在該前進、還是該停止呢？該放棄、還是該繼續勇往
直前呢？無論在面對任何事物時，保有勇敢之心的選
擇，才能夠帶來幸福。

勇敢即是善。〈第一部　戰爭與戰士〉

如果要樹立敵人，
就要找到足以互相切磋琢磨的人。

就算把你所輕蔑的人視作對手，也不會獲得任何好處。
如果要較勁的話，請選擇可以讓你將競爭當作是榮耀、
無論哪一方獲勝都能深感喜悅的對象。

你們只應擁有值得憎恨的敵人，而不可擁有讓你輕蔑的敵人。你們
必須以你們的敵人感到自豪，如此一來，敵人的成功也會成為你們
的成功。〈第一部　戰爭與戰士〉

試著愛上人生吧！
這麼一來，人生對你而言
才會成為希望。

與其羨慕別人、憧憬著自己無法獲得的東西，不如先好
好去愛自己的人生。只要珍惜這樣的心情，就一定沒問
題。

你們對人生的愛就是對最崇高希望的愛！你們最崇高的希望就是人
生中最崇高的思想！〈第一部　戰爭與戰士〉

只會遵守規則的人生
真的好嗎？

遵守規則是很重要沒錯，但不妨以更自由的心態來思考看看。只要別抹煞自己的可能性，這個世界就會開始轉動，身旁的人也會開始有所轉變。

真正偉大的是創造的能力。〈第一部　市場之蠅〉

若只是為了逃離孤獨，

最終還是會繼續孤獨下去。

無論身邊有多少朋友、不管是跟誰在一起，人還是很容
易就會感到孤獨。與其向外部尋找逃避孤獨的地方，不
如正面迎向孤獨吧！

我的朋友呀！逃進你的孤獨之中吧！逃進遠方的狂風暴雨之中吧！
〈第一部　市場之蠅〉

不想工作並不是對於工作厭煩，
而是因為你不了解工作的真諦。

想要更有所成長、想要學會更多技能，應該沒有人不這
麼企盼吧！在因為討厭而放棄之前，請試著更了解工作
本身吧！無論是在何時，想要的東西都藏在不容易找到
的地方。

求知者之所以不願涉足在真理的水中，並不是在真理汙濁的時刻、
而是在真理淺顯之時。〈第一部　純潔〉

你是否擁有
「真正的患難之交」呢？

在現在的時代，只要彼此有所關聯就可以說是「朋友」。正因如此，才要更珍惜「無論發生任何事都願意站在你這邊」的友誼。努力成為讓朋友願意這麼說的人吧！

如果一個人想要擁有朋友，就必須願意為了朋友投身於戰鬥；而為了戰鬥，就必須具有能成為別人之敵的能耐。〈第一部　朋友〉

友情遠比
愛情更加複雜。

能夠長久維持的友誼，絕對是互相能夠切磋琢磨的關係。對朋友包含著尊敬與敵意，而無論勝敗與否，都要好好珍惜這值得敬重的關係。

把你的朋友當作敵人，而且一定要尊敬這位敵人。〈第一部　朋友〉

朋友身上讓人不快之處
也是自己讓人厭煩的地方。

「那個人的這點絕對無法原諒」，當你這麼想時，不妨
試著回頭看看自己吧！說不定是你將自己不好的地方投
射到對方身上，卻沒有自覺罷了……。

在你的朋友之中，一定有你最好的敵人。當你想要反抗對方時，一
定要讓你的心意更貼近他才行。〈第一部　朋友〉

在朋友面前，
保持自己最好的一面吧！

為了維繫友誼最重要的一點，就是不要毫無保留，要成
為讓朋友憧憬尊敬的對象。

為了朋友，你不可以將自己裝扮得過於華麗、也不可以過度掩飾。
因為對朋友而言，你不僅是射向超人的箭、也是值得憧憬的存在。
〈第一部　朋友〉

常人皆以為自己
只能順從命運隨波逐流，
但我們其實擁有更多自由。

你是不是這麼想的呢？命運是上天註定好的，無法任意
抵抗。但事實上並非如此。只要能這麼想，「這是我自
己選擇的命運」，人生就可以掌握於你自己的手中。

評估價值就是創造。（中略）藉由評估價值才會產生價值。
〈第一部　一千個目標和一個目標〉

不要只是蒙混帶過寂寞的情緒。

即使想要把寂寞藏在某處，孤獨的心情還是不會就此消失。首先，請先愛你自己。

你們對於鄰人的愛，是因為你們無法好好愛自己的緣故。〈第一部 愛鄰〉

與其為了別人犧牲奉獻，
不如做一個好好愛自己的人。

「為了別人」的行為乍看之下似乎非常動人，但是這是
由高高在上的眼光與同情為出發點的行為。事實上，有
很多人都是為了自己想要被愛才付出行動。好好愛自
己、尊重自己，這麼一來所有人都能獲得幸福。

我勸你們最好遠離鄰人，去愛遠方的人！〈第一部　愛鄰〉

無論是再怎麼細微、
難以輕易察覺的事，
改變必定具有其意義。

如果只是空有夢想，沒有任何事會開始轉動。距離覺得
自己做不到的階段還早得很呢！請朝著遠方的未來踏出
第一步。請試著學習朋友的優點吧！

最遙遠的未來就是你今日行為的原因。在你的朋友之中，你必須愛
你所認定的超人。〈第一部　愛鄰〉

真心就是獲得想要之物的魔杖。

睜大你的雙眼盯著你心儀的事物吧！看著人們的雙眼傳
達你的心意吧！這一切都是為了讓你保有自由。

你的眼睛必須明白地告訴我，為何而求取自由！〈第一部　創造者
的道路〉

何不試著成為出盡鋒頭的人呢？

沒有必要忌諱成為與眾不同的人。那些喜歡說三道四的人，永遠都一事無成。

沒有比能飛翔的人更讓不會飛的人嫉妒的了。〈第一部　創造者的道路〉

知道誰是你最棘手之敵嗎？
那就是你自己。

無論是目前為止、或是從今以後，你所面臨最強大的敵
人不是別人、而是你自己。反之，如果你一心想要贏得
勝利，那麼沒有比這對你更有利的戰爭了。

你所遇見的最大敵人，永遠都是你自己。〈第一部　創造者的道
路〉

愛並不是只有美好的一面。
當你察覺到這一點時，
就是愛的起點。

有時候愛得太多，反而會迷失了自己，但是千萬不要因
此而討厭這樣的自己。若是只看到愛情美好那一面的
人，絕對不可能理解愛情。

人因用心去愛，而變得不得不輕視自己所愛的一切。如果不是這樣
的人，對於愛又知道些什麼呢？。〈第一部　創造者的道路〉

能夠發光如寶石的人非常了不起。

試著找出自己更多的優點吧！就算只是自認也不要緊。
這股自信會讓你散發出璀璨奪目的光芒。因為宛如寶石
般閃閃發光的人最是吸引人。

（筆者註：女性）要成為宛如發出閃爍光芒的寶石一般的人。〈第
一部　老婦與少婦〉

面對喜愛閒言閒語的人，
就隨便他說吧！

就算你心中認為「我是正確的」、「那一定是騙人的」，就挺起胸膛沉默不語吧！因為真正的真理不證自明。

與其主張自己正確，不如默默承受委屈的人比較高貴。〈第一部 毒蛇的咬傷〉

在看不見出口的隧道中，
誰能引導你呢？

即使愛情是一種渴望，但它並不是能給予的、而是能引
導你的東西。無論身在多麼陰暗漫長的隧道中，愛也會
為你照亮正確的方向。

最不凡的愛情應該成為為你們照亮更好之路的火炬 。〈第一部
孩子與婚姻〉

愛情之中參雜著悲傷與痛苦。
正因為如此，
能夠「去愛」的人最堅強。

唯有真正愛著某人，才會湧現出悲傷與痛苦。不過，也
說不定正因為如此，人才能變得更強韌。

即使是最不凡之愛的酒杯中，也盛裝了苦酒。正因為如此才能產生
對超人的景仰之情。〈第一部　孩子與婚姻〉

若只會一昧模仿他人，
永遠都無法找到真正的「自我」。

無論是愛情與人生，都不會有所謂的範本。就算剛開始
是以別人當作目標，但絕不可以忘記一定要開始走出自
己的路。

如果一個人永遠都是弟子，絕非報答師恩的方法。為什麼你們不想
試著摘下我的花冠呢？〈第一部　贈與的道德〉

一旦被限制於無聊的事物中，
本身也會變成一個無聊的人。

無論再怎麼思考都得不出結論的問題、以及外表與虛榮
心，都會極盡一切地擾亂人心，最後什麼都一無所獲。
把這些全都拋開的人生，絕對會更快樂。

廉價的思想就像細菌一樣，到處附著、潛藏，讓人遍尋不著。——
要是被廉價的思想給纏上，就會被這細菌害得全身腐壞、衰敗。
〈第二部　同情者〉

靠自己掌握人生之舵！

即使聽從著別人的指示行動、模仿著別人的作為，總有一天也必須誠實面對自己。與其這樣，倒不如從現在這個瞬間，就開始去做自己想做的事吧！

啊啊，我的朋友們呀！我希望你們就像是母親永遠在愛兒心中一樣，你們永遠都在真實的「自我」行為當中。〈第二部　有德者〉

「好」與「壞」的價值觀
都是由自己決定。

不需要一一應付那些喜歡強加意見在別人身上的人。無
論到了何時，都應該把你自己的價值觀當作第一優先。

絕對不要信任那些喜歡懲罰別人的衝動人們。〈第二部　塔蘭圖拉
毒蜘蛛〉

想要堅持自己是正確的時候，
就是不願面對事物本質之時。

人都會有想要據理力爭、為自己伸張正義的時候，但這
種時刻千萬要小心。為何你一定要特別強調才能傳達出
去呢？因為大多數這種時候你已經忽略了重要的事實。

千萬不要相信那些頻頻主張自己正義的人。〈第二部　塔蘭圖拉毒
蜘蛛〉

無論是如何美妙的事物，
皆一定會抱有矛盾。

即使是看似美好、幸福的事物，令人感到憧憬不已，也
千萬別忘了這些事物是由不公平、矛盾、逃避與想像等
「鬥爭」所推砌而成。

即使在美之中也有爭鬥與不平等，也有為了追求勢力與優越的無止
境戰爭。他用極為淺顯的比喻在此告訴我們這番道理。〈第二部
塔蘭圖拉毒蜘蛛〉

痛苦與煩惱
將讓你的心更加強壯。

對人而言，看待事物的方式是最重要的，千萬不要害怕
經歷痛苦與煩惱，因為這些苦痛有多強、你就會變得多
強。

所謂的精神是刻畫自己生命當中的生命。藉由自己的苦惱，增進自
己的智慧。〈第二部　著名的哲人〉

沒有人能夠傷害你的心。

雖然大家常說：「心受傷了」，不過其實沒有任何東西
可以傷害你的心，即使是再怎麼尖銳的言語之刀也一
樣。

是的，在我的身體裡還有一個任何東西都無法傷害、無法埋葬，甚
至還能粉碎岩石的物品，那就是我的意志。〈第二部　墳墓之歌〉

你所主動嘗試去做的事情上
將會被賦予生命。

無論再怎麼微不足道，只要是你發自內心想要努力嘗試
的事物，都會綻放出耀眼光芒。這光芒絕對會成為為你
帶來幸運的燈塔。

只要是有生物的地方，那裡都一定會有權力意志。〈第二部　超越
自己〉

活著就是在生命的每個瞬間，
認真尋找向前邁進的方法。

活著就是不斷追問自己「想要過著什麼樣的人生」，一邊尋找答案一邊向前邁進的旅程。雖然隨波逐流地活著也是一樣的時間，但獲得的幸福卻是截然不同的。

只要是有生命的地方，就有意志。〈第二部 超越自己〉

不要迷失對自己最重要的事物。

你喜歡什麼、討厭什麼呢？你什麼事情可以接受、什麼事情又不能接受呢？人只要一改變，看法也會跟著改變。因此，讓我們維持隨時都能以自己的價值觀來思考，無論是明天的服裝、戀情與生活方式都是喔！

整個生命就是一場圍繞著興趣與嗜好之間打轉的鬥爭！〈第二部崇高的人們〉

所謂的美，

是在自己感到稍嫌不足時

才最恰到好處。

雖然藉由化妝與服飾穿搭來妝點自己、彰顯自己的個人
特質，是一件令人愉悅的事，不過說到頭來，所謂的
「美」就是要帶有一點點自我堅持，看起來才最具有魅
力。

（筆者註：美是）多一分則太多、少一分則太少，站在美的立場來
看這已經到了極限——最極致之美。〈第二部　崇高的人們〉

雖然無法預見未來，

但是未來的種子早已在你的心中。

無論再怎麼努力，我們仍然只能掌握現在這個瞬間與過
去，無法想像未來。不過，請不要為此感到不安。因為
開創幸福未來的能力，就在你心中。

我屬於今日與過去，不過，在我的身體裡卻藏有某種不同的東西。
那是我的明天、我的後天、或是更遙遠的未來。〈第二部　詩人〉

與其對於往昔感到懊悔不已，
不如從中找到其「意義」。

即使再怎麼悔恨過去，也無法改變事實。已經發生過的
事，不可能再有所挽回。不過，我們卻可以從過去中學
習，從中發現意義，這麼一來無論是失敗也好、經驗也
罷，都可以成為你的糧食。

救贖過去的人們，將所有的「曾是」改變為「我曾希望如此」
——，這就是我所謂的救贖。〈第二部　救贖〉

連接每個「點」
就能開拓出全新的風景。

把拍攝時期、場所全都不同的一張張照片，全都放進相
簿中整理好，就可以看出自己的人生。試著將你所有的
經驗與記憶全都連貫起來吧！也許你可以從中找到你先
前未曾看出的重要啟示。

所有的「曾是」都是片段、謎團與殘酷的偶然。——創造的意志卻
對著過往說道：〈但是，這些都是我曾希望發生的！〉〈第二部
　救贖〉

若是對一切事物皆抱有恐懼，
就無法察覺眼前的幸福。

要去嘗試一項新的體驗，任誰都會感到不安。不過，若只是一味感到恐懼害怕的話，便無法向愛情、友情與成功更靠近一步。現在就拋開恐懼、大膽向前吧！你一定沒問題的。

我的第一處世之道，就是讓自己一直保有初心〈第二部　處世之道〉

比起自認完美的人，
能夠盡心努力的人更讓人欽羨。

比起那些對自己相當自豪的人，始終不斷思考、探究
「自己獨有的特質是什麼」的人更了不起。就算笨手笨
腳、一直繞遠路，這樣的人生還是比較精采。

我的第二處世之道是這樣的，比起高傲的人，我更重視虛榮心強的
人。〈第二部　處世之道〉

所謂偶然皆非偶然，
而是必然發生。

無論是喜悅或是悲傷，都是不斷反覆。就連偶然也絕非
偶然，這些都是過去經驗的反覆發生。所以一定要更重
視現在地活下去！

我已經過了會發生偶然的時期了。從今以後我所面對的全部都會是
曾經屬於我自己的事物！〈第三部　流浪者〉

若對自己過於寬容，
自身的魅力與能力將會失去該有的光輝。

對自己嚴格一點吧！在你身上讓人無法忽視的無窮魅
力、散發閃爍光芒的能力，一旦放縱會忘記該如何發揮
了。

對自己一味縱容的人，最後就會深受其害、變得奄奄一息。〈第三
部　流浪者〉

为了拓寬自己的眼界，
讓我們拋開既有成見吧！

只要是人，無論是誰都是只看自己想看的東西。若能意識到這一點，拋開自己的有色眼鏡，便能看見更多更多不一樣的事物。

為了看見更多事物，必須先將自己置之度外。〈第三部　流浪者〉

1 PLAY
50¢ ELEPHANT

感到不安時，
先試著拿出一點勇氣吧！

有些時候我們會擔心得胸口作痛、夜不成眠，也有些時候我們會突然擔心起還很遙遠以後的事。如果想要遠離不安的話，就先拿出一點勇氣吧！就算令人不安的原因還尚未消失，心中的負擔也會稍微減輕一些。

沒有殺手能敵得過勇氣。〈第三部　幻影與謎團〉

若只將目標設定在「一般」的等級，
成果就會差於「一般」喔！

你是否總是環顧四周，希望自己跟大家一樣就好呢？若
是將自己的目標設定為「一般」，就只能成為普通人而
已。拿出勇氣，讓自己脫穎而出吧！

他們已經變小了，而且還會繼續變小。──這是因為他們對於幸福
與道德所抱有的見解導致如此。〈第三部　萎縮的道德〉

身心若朝著不同的目標方向，

無論過了多久，

也只會在原地動彈不得。

每個人都曾經掩住雙耳拒絕傾聽心靈的聲音，做出違背
自己本意的行為。不過，不需要責怪這樣的自己，停在
原地好好思考看看吧！從今以後究竟該何去何從？

雙腳與雙眼不該彼此欺瞞。〈第三部　萎縮的道德〉

即使無法取悅所有人，
那又如何呢？

希望獲得所有人的喜愛，費盡心思只盼大家稱自己為
「好人」，只會讓自己疲憊不堪而已。別人的評語本來
就不值得放在心上，只要重視自己真正喜愛的人就好
了。

每個人都用盡全力為人設想，這就是懦弱，即使他們稱之為道德。
〈第三部　萎縮的道德〉

想要對別人和善親切，
說不定是因為自己懦弱的緣故。

常做些會讓別人稱讚自己的事，時不時地幫助別人，你
做出這些行為是不是因為希望別人認可自己是「好人」
呢？而這真的就是和善親切嗎？

有多少善意、就有多少懦弱。〈第三部　萎縮的道德〉

為了不被眼前的事物所迷惑，
就必須在自己心中好好思考消化一番。

每天在我們的眼前都會發生許多事，當某事突然發生
時，沒有人當下就知道是好是壞。就算拿出量尺，也派
不上用場。在心中尚未得出答案之前，何不試著暫時坦
承以對呢？

我在我自己的鍋中熬煮著所有的偶然，等到這些偶然都燉煮完成
後，就當作屬於我的食物好好享用。〈第三部　萎縮的道德〉

不要對小事過於苛求。

別讓自己被小事所困，像是追求穩定、公平、微不足道
的堅持等等。渺小的容器只能裝入少許的水。沒有必要
特地讓容器變小，不是嗎？

你們變得越來越小！（中略）你們正在逐步邁向死亡。——因為你
們所在乎的那些小小道德、因為你們將你們的渺小不當一回事、因
為你們那些無數的小小忍讓！〈第三部　萎縮的道德〉

比起任何人、事、物，
先好好愛自己。

愛，不能只對自己以外的人付出。先好好去愛原原本本
的自己吧！儘管非常重要，卻很少人會注重對自己付出
愛。因為所有的故事都從這裡開始。

無論如何，都得先成為一個愛自己的人──。〈第三部　萎縮的道
德〉

即使遭遇不幸，
沒有人能夠傷害你的心。
所以，不要過於恐懼遭遇不幸。

碰上倒楣事時，每個人都會想：「為何只有我……」。
雖然這會讓你對於還看不見的未來感到憂慮不安，不過
請不要太擔心。倒楣事只存在於你的周圍而已，只要你
的心夠強韌，就沒有事可以讓你的心受傷。

偶然無止境地朝我襲來。偶然就像是孩子一樣天真無辜。〈第三部
在橄欖山上〉

世界上沒有完全不感到孤獨的人；
無論是誰都感受著各自的孤獨。

若你因為某人的離去而感到孤獨，那麼離去的那人必定
也會感受到一樣的孤獨。不是只有你一個人正身陷孤
獨。每個人都會因為各式各樣的理由而感到孤獨。

對病人而言，孤獨是一種躲避人群的居所；對另一種人而言，孤獨
又是躲避病人的居所。〈第三部　在橄欖山上〉

對於已經逝去的愛，
別再死纏爛打。

儘管這是一件很悲傷的事，但某些愛情終會有宣告落幕
的一天。這種時候，就別再死纏爛打、深陷於痛苦之
中，讓自己靜靜地遺忘吧！

當你無法再愛時，──那就靜靜地路過吧！〈第三部　路過〉

若能愛著自己，
活著這件事就能變得容易。

把考慮自己的事放在最優先吧！無論是別人決定的價值
觀、自己不甚明白的某些既定概念、或是實際上毫無價
值的價值，都與它們保持距離，貫徹愛自己的理念。這
麼一來，人生就會變得輕鬆多了。

若有人想要變得輕盈如鳥，就一定要先愛自己。〈第三部　重力之
魔〉

勉強壓抑自己
一點好處也沒有。

為了世人或別人的評論而委屈自己、把自己禁閉在狹窄
的範圍中，沒有人可以忍受一輩子如此。一定要比現在
更貪心，發自內心地去愛原本的自己。

人們必須先以健康正常的愛來愛自己，才能學會如何去愛。〈第三
部 重力之魔〉

有時甚至連自己都無法察覺
對自己而言非常重要的事物。

就算是自己的事，也不可能完全都理解透徹。說不定在
無意識之中，真正的你正潛藏在你的內心深處。正因為
非常重要，才會深藏在別人無法一眼看穿的內心深處。

因為真正屬於自己的珍藏，無法用自己的雙手輕易觸及，巧妙地深
藏不露。〈第三部　重力之魔〉

不要總是想要獨自孤軍奮戰。

越是努力奮發的人，身上背負著越多重擔，偶爾還會連
別人的份都自己一肩扛起。這份體貼、努力與忍耐，請
用在更值得的美好事物上吧！現在看來如同沙漠般的荒
蕪道路，總有一天也會開出美麗的花朵。

人類是一種只會加重自己負擔的生物！這是因為他將太多其他人的
東西也放在自己的肩頭上向前邁進。〈第三部　重力之魔〉

一步、一步匍匐前進，
即使再怎麼焦慮、感到無趣，
都要好好讚美往前邁進的自己。

即使想要在天空中飛翔，也沒有人一下子就學會飛翔。
請大家更珍惜平凡又無聊的每一天吧！因為這些時間都
會毫不停歇地繼續流動。

夢想著未來有一天要在天空中飛翔的人，首先必須學會站立、走
路、跑步、攀爬、跳舞。——人是不可能一下子就會飛翔的！〈第
三部　重力之魔〉

人生猶如在純白的畫布上
隨心所欲地作畫。

該如何設計自己的人生，全都是由你決定。無論在這塊
純白畫布上該畫些什麼、該塗上什麼顏色，都隨心所欲
地揮動你的畫筆吧！若是畫出來的成果不如你的想像，
就再重畫幾次，畫出專屬於你的一幅畫吧！

意志就是自由。為什麼呢？因為意志就是創造。這就是我對你們的
教誨。而你們只應為了創造而學習。〈第三部　古老的法版與新的
法版〉

如果要談論愛，

比起相愛之情事、

不如談論長久持續的愛情。

無論是誰都渴望付出愛、也渴望被愛。如果想要和別人
相愛的話，就為了持續的愛而付出一點努力吧！絕對不
要在腦海中想像愛情結束的那一天。

我們彼此相愛，因為我們嘗試持續付出愛！〈第三部　古老的法版
與新的法版〉

無論是最好與最壞，
都不是什麼大不了的事。

無論是最好或最壞，都是由自己的價值觀所判定。反正
都只不過是自己的價值觀而已，若是一直執著於其中，
反而會迷失了自己原本該走的道路。

啊，對人們來說，其實也沒什麼大不了！啊，對人們來說，其實也
沒什麼大不了！〈第三部　康復者〉

自以為是，

比無知更危險。

無論是工作或是戀愛，都千萬不要自以為已經全盤理
解。不如維持著「一無所知」的謙虛態度，凡事都會變
得更加順利。

對於許多事物一知半解，倒不如全然一無所知比較好！〈第四部
水蛭〉

若只心想著「總有一天……」，

「那一天」永遠也不會到來。

你的夢想是什麼呢？試著挑戰看看吧！無論是再怎麼微
不足道的小事也無所謂，開始著手去做吧！這邁出去的
第一步將會帶動你的人生。

只要有了宛如手掌般大小的基礎，人們就可以站立其上。〈第四部
　水蛭〉

讓我們感受
小小幸福帶來的喜悅。

就算是再怎麼微不足道的小事，也要在心中仔細體會其
中的快樂、幸福與喜悅。這麼一來，生活中的每一天都
是幸福的連續。如果是小小的煩惱，說不定也會因此消
失無蹤。

因為只要那麼一點點小事，就可以生出至高無上的幸福。〈第四部
　正午時分〉

感到悲傷、悔恨、一切都無可挽回時，
也要為自己感到自豪。

當你為了某件事而感到絕望、悲傷得無以復加時，也要
為自己感到自豪。因為你是如此努力地不去選擇「放
棄」那條路。

你們有多深陷絕望，就該為你們致上多大的敬意。為什麼呢？因為
你們並沒有學會放棄。〈第四部 關於「高人」〉

雖然找到「該做的事」很好，
但察覺「不該做的事」更重要。

人生稍縱即逝，沒有那麼多閒功夫去配合別人擅自決定
的做法、或是配合他人自以為是的想法。不重要的體
貼、無聊的人際關係，把這些全都拋諸腦後，也是一個
不錯的方法。

超越那些小小的道德吧！超越那些微小的智慧、砂粒般微不足道的
體貼、螻蟻般的蠢動、可憐的安逸以及「多數者決定的幸福」！
〈第四部　關於「高人」〉

有些冒險是因為
欠缺知識與經驗才做得到。

一旦獲得了知識，便無法湧現出冒險的念頭。正是因為
不知道，才能去做各種不同的嘗試！

我之所以會愛你們，就是因為你們這些「高人」並不了解活在這世
上的方法！也就是說，你們才是——活得最好的人！〈第四部　關
於「高人」〉

不要以虛張聲勢來自欺欺人。

雖然讓自己變得大膽非常重要,不過若是沒有連同內涵一起的話就毫無意義了。挑戰自己的極限會令人感到膽怯畏縮,但卻只有這麼做才能獲得更重大的收穫。

了解恐懼、而且克服恐懼的人才是真正的大膽。〈第四部 關於「高人」〉

一言既出，駟馬難追。

有些時候必須謹言慎行，而有些話別說會比較好。因為
只要一說出口就無法挽回了，說話時一定要看對象慎選
用語。

不是所有的話語都適合從每個人的口中說出。〈第四部　關於「高
人」〉

即使期待奇蹟發生，
也不會有超乎自己能力的事情發生。

想要成就大事時，有些人會等待奇蹟發生。但很遺憾的
是，這世界上只會發生符合你能力的事。

絕對不要企盼超過你們能力的事物！〈第四部　關於「高人」〉

就算包裝得再怎麼精美，
被蟲蛀蝕的蘋果在本質上並不會改變。

就算畫上了流行的妝容、穿上了時髦的服飾，配戴上精
緻的首飾，嘴上說著冠冕堂皇的話語，自己依然是原本
的自己。如果不從內心開始改變的話，也不會毫無改
變。

（筆者註：企盼超乎自己能力事物的人）他們也虛張聲勢，以斜眼
看人，成為金玉其外、敗絮其中的果實。躲藏在強烈的言語、道德
的面具、與燦爛的謊言之下。〈第四部　關於「高人」〉

不須將大家都認為「理所當然」的事
當作是「理所當然」。

在大家都認為是「理所當然」的事當中，其實有很多都
毫無意義、不合情理。雖然不可能顛覆這些思維，但至
少不能遺忘自己曾覺得奇怪不解的心情。

那些庸俗群眾毫無理由就深信不疑的信仰，有誰現在能鏗鏘有力地
反駁呢？？〈第四部　關於「高人」〉

不說謊並不代表就是誠實。

在愛人時，不說謊並不等於誠實。因為這樣就只是沒有
說謊而已。

只是沒有能力說謊，與熱愛真理之間還有一大段差距。一定要留
意！〈第四部　關於「高人」〉

勤勉踏實的努力總有一天會有回報。

千萬不要忽略了勤勉踏實地付出努力,事過境遷之後一定可以有所回報。即使你現在拚命努力的模樣,就算現在沒有任何人看到、沒有任何人讚美你也是一樣。

你是否曾騎馬登上高山呢?你是否認為想要快速抵達目的地,這是唯一的方法?(中略)到達目的地後從馬身一躍而下時,「高人」哪!你們會摔倒在你們唯一的山頂上!〈第四部 關於「高人」〉

比起為了別人犧牲奉獻，
還不如去做自己想做的事會更快樂許多。

無論你抱著多麼和善的心情，只要是為了別人所採取的
行動，都是以上對下的眼光去「施予」的，在下意識中
也會想要尋求對方的回報。去做自己想做的事吧！這麼
一來絕對會更快樂。

請你們忘掉「為了……」吧！〈第四部　關於「高人」〉

忽略也是一種很重要的能力。

在各種資訊流竄的世上，有時也會遇到一些小小的謊言
與虛假的言語。靜靜地置若罔聞，讓這些話語流逝吧！
這是為了讓自己能捕捉到真正重要的事物。

面對這些小小虛假話語，你們必須置若罔聞。〈第四部 關於「高
人」〉

還有更多你所該做的事。
熱愛工作吧！
熱愛自己的生活方式吧！

不要為了別人的事鑽牛角尖，將你的目光放在自己的工作、思考與生活方式上吧！不要從眼前的事物中移開你的視線，總有一天你會覺得「這麼做真是太好了」。

只有你們的工作、你們的意志，才是離你們最近的「鄰人」。〈第四部　關於「高人」〉

當你想著「會不會有好事發生」時，
就不會有好事發生。

雖然心裡期待著奇蹟發生，但現實並沒有那麼美好。儘管如此，人們還是會忍不住開始期待「說不定有志者事竟成」。比起一心期待，請大家試著採取行動，也許就可以改變未來！

不要對自己要求不可能做到的事！〈第四部　關於「高人」〉

找到你人生的前輩。

儘管活在這世上並沒有所謂的範本可以依循，不過卻可以試著找出可以讓自己仿效的人。當你在一片陰暗的隧道中迷失方向時，對方一定可以放出光芒，為你指引明路。

可以遵循你們祖先所留下的道德足跡！若是祖先的意志沒有隨著你們一起上升的話，你們又怎麼能到達高處呢？〈第四部 關於「高人」〉

人若處於寂寞，就可能埋下隱憂。

面對孤獨是一件非常重要的事。不過，當一個人深陷於孤獨當中時，就會開始思考一些多餘的事，就如同在心中豢養了一頭猛獸。小心別讓牠的獠牙對準了自己或他人。

人類處在孤獨之中時，也會將某些事物帶進在孤獨中慢慢滋長，其中也包含了野獸。〈第四部　關於「高人」〉

即使遭遇失敗，
也不代表你是失敗的人。

即使你招致了莫大的失敗、被嚴厲地斥責，不代表你的
人格也會被否定。雖然在心情沮喪低潮時很容易會這麼
想，但請你一定要相信自己。

倘若你們在某件大事上失敗了，難道你們自己也會因此而失敗嗎？
〈第四部　關於「高人」〉

讓自己心中產生化學反應吧！

真實確切的愛情、深刻入微的洞察、宛如繁星般高掛的
理想，藉由這些互相搭配組合、彼此碰撞，造就了你這
個人。好好期待接下來會發生什麼樣的化學反應，盡情
地享受今天吧！

人類那最遙遠、最深沉、如繁星般高掛著的東西，以及那非凡的力
量，這一切豈不是都在你的壺裡互相碰撞直至沸騰的嗎？〈第四部
　關於「高人」〉

之所以遍尋不著幸福，
可能只是因為你的尋找方式並不恰當。

愛、幸福與希望這些美好的事物充斥在你的周圍。要是
你覺得遍尋不著的話，就試著改變看看尋找方式吧！你
一定可以找到的。

他無法在地上找到任何一顆微笑的種子嗎？萬一真是如此，只是因
為他的尋找方式太差了而已。〈第四部　關於「高人」〉

愛可以有各種形式。

雖然大家都忍不住會問：「你喜歡我嗎？」，不過，就算問了又如何呢？只要兩個人在一起、綻放出愉快的笑顏，那一定就是已經徜徉在愛裡了。

難道當一個人無法去愛時，就要詛咒世界嗎？我認為這是很沒格調的。〈第四部　關於「高人」〉

能讓戀情順利發展的方法只有一個。

希望你更愛我。希望你對我更溫柔。希望你多跟我聯繫。比起這些話語，只要說出「我愛你」這句話，你的戀情一定會變得更美好。

他們不懂得跳舞。對這些人而言，地面怎麼會是輕快的呢？〈第四部　關於「高人」〉

即使繞遠路，也是有意義的。

無論是多麼厲害的偉人或天才，也沒有人可以完全不繞
遠路、不做錯事地直線通往目標。你現在身處的位置，
一定是有意義的。

所有的美好事物，都要繞遠路才能接近目標。〈第四部　關於「高
人」〉

試著跨越那些不順遂吧！

雖然人生中一定會發生不順遂的事情，不過，我們卻可以輕巧地飛越過那些障礙。像個跨欄運動員般，每天踏實地反覆練習跑步，直到可以輕盈地飛越跨欄吧！

即使地上一片泥濘、帶著深沉滯塞的悲哀，只要是有著輕快步伐的人，就可以越過泥濘，宛如在光滑的冰面上舞蹈。〈第四部　關於「高人」〉

無論如何，
未來的選擇權還是在你手中。

請你不要模仿他人，成為獨一無二的存在吧！大聲說出
自己想要成為什麼樣的人，就是實現夢想的第一步。

這頂玫瑰花冠是屬於大笑的人。我自己將這頂花冠戴上頭頂。我宣
告我的放聲大笑是神聖的。〈第四部　關於「高人」〉

不必思考別人的眼光。
用盡全力抓住幸福吧！

為了獲得幸福，就算模樣有點狼狽也無須在意。因為比
起等到快要失去了才手足無措，確實抓住幸福才是最帥
氣的模樣。

與其在不幸面前變得滑稽、不如在幸福面前變得滑稽。〈第四部
關於「高人」〉

開創出自己的道路吧！
你一定能化不可能為可能。

命運不是上天賦予、而是自己選擇開創的。只要能記住
這點，未來一定可以如你所願；將來你一定能綻放出笑
顏。

竟然還有這麼多的事情大有可為！所以，你們學習如何超越自我、
綻放笑容！〈第四部　關於「高人」〉

即使悲傷流淚，

後續必有好事發生。

就如同是在月亮沉下後太陽一定會升起般，在悲傷過後
肯定會降臨喜悅，在流淚之後也一定會綻放出笑顏。當
你認為「大概沒有希望了」，越是這種時候、越要更堅
強地相信明天。

萬物都是以鎖鏈結合、用絲線連接，因為互相深愛。〈第四部　醉
歌〉

與其懼怕失去幸福，
不如盼望讓幸福永遠持續。

請更愛你眼前的幸福吧！對那些讓你感受到幸福的事物
更歡欣喜悅吧！當悲傷降臨時，你要更貪心地期待之後
會到來的幸福，這麼一來幸福就會來到你的身邊。

喜悅比一切的嘆息更乾渴。喜悅是確實且飢餓的。〈第四部　醉
歌〉

幸福會稍微提前來到有著悲傷的地方。

幸福這種東西會很神奇地降臨在深陷悲傷的人身上。所以，現在就擦乾眼淚，等待幸福降臨吧！現在，幸福一定就近在眼前了。

因為所有的喜悅都只尋求著自己。〈第四部 醉歌〉

人生是我們被賦予、
無可取代的禮物。

人生是無可取代的禮物。與其什麼都不做，不如盡情投資自己，好好享用這份禮物吧！

這些庸庸碌碌的人都想著要不勞而獲。但是我們則不然，我們將人生當作是上天賦予我們的禮物，我們隨時都在思考著要如何才是回報這份禮物最好的方法！〈第三部　古老的法版與新的法版〉

來吧！
讓我們打開門扉走出去吧！

大家都在做的事情，不見得就是正確。抬頭看看更寬廣
的世界，找尋出專屬於你的寶物吧！

你們想要在他們慾望之口中吐出的毒氣中窒息嗎？　不如打破門
窗，逃出屋外吧！〈第一部　新的偶像〉

Hello Kitty 讀尼采

<table>
<tr><td>作　　　者</td><td>朝日文庫編輯部
Sanrio Company, Ltd.
(1-6-1 Osaki, Shinagawa-ku, Tokyo, Japan)</td></tr>
<tr><td>執　行　長</td><td>陳君平</td></tr>
<tr><td>榮譽發行人</td><td>黃鎮隆</td></tr>
<tr><td>協　　　理</td><td>洪琇菁</td></tr>
<tr><td>翻　　　譯</td><td>林慧雯</td></tr>
<tr><td>美術總監</td><td>沙雲佩</td></tr>
<tr><td>美術指導＆設計</td><td>Yuko Fukuma</td></tr>
<tr><td>公關宣傳</td><td>施語宸</td></tr>
<tr><td>國際版權</td><td>高子甯、賴瑜妗</td></tr>
<tr><td>出　　　版</td><td>城邦文化事業股份有限公司　尖端出版
臺北市南港區昆陽街16號8樓
電話：(02)2500-7600　傳真：(02)2500-1971
讀者服務信箱：spp_books@mail2.spp.com.tw</td></tr>
<tr><td>發　　　行</td><td>英屬蓋曼群島商家庭傳媒股份有限公司
城邦分公司　尖端出版行銷業務部
臺北市南港區昆陽街16號8樓
電話：(02)2500-7600(代表號)　傳真：(02)2500-1979
劃撥專線：(03)312-4212
劃撥戶名：英屬蓋曼群島商家庭傳媒(股)公司城邦分公司
劃撥帳號：50003021
※劃撥金額未滿500元，請加付掛號郵資50元</td></tr>
<tr><td>法律顧問</td><td>王子文律師　元禾法律事務所　臺北市羅斯福路三段37號15樓</td></tr>
<tr><td>臺灣地區總經銷</td><td>中彰投以北(含宜花東)　楨彥有限公司
電話：(02)8919-3369　傳真：(02)8914-5524
雲嘉以南　威信圖書有限公司
(嘉義公司)電話：(05)233-3852　傳真：(05)233-3863
(高雄公司)電話：(07)373-0079　傳真：(07)373-0087</td></tr>
<tr><td>版　　　次</td><td>2018年10月初版
2024年8月1版10刷</td></tr>
<tr><td>I　S　B　N</td><td>978-957-10-8316-2</td></tr>
<tr><td>版權聲明</td><td>HELLO KITTY NO NIETZCHE TSUYOKU IKIRU TAMENI TAISETSU NA KOTO
© ASAHIBUNKO HENSHUBU 2014
© 2024 SANRIO CO., LTD. TOKYO, JAPAN Ⓗ
Originally published in Japan in 2014 by Asahi Shimbun Publications Inc.
All rights reserved.
Traditional Chinese translation copyright © 2018 by SHARP POINT PRESS,
a division of Cite Publishing Ltd.
No part of this book may be reproduced in any form without the written permission of the publisher.
Traditional Chinese translation rights arranged with Asahi Shimbun Publications Inc., Tokyo through AMANN CO., LTD., Taipei.</td></tr>
</table>

國家圖書館出版品預行編目（CIP）資料

Hello Kitty讀尼采 / 朝日文庫編輯部作. -- 1
版. -- 臺北市：尖端, 2018.10
　　面；　公分
ISBN 978-957-10-8316-2(平裝)
861.67　　　　　　　　　　107012276

◎版權所有‧侵權必究◎
本書如有破損或缺頁，請寄回本公司更換

LICENSE
三麗鷗股份有限公司授權
© 2024 SANRIO CO., LTD.